helena arruda

é poeta e ensaísta. Autora dos livros *Interditos* (Batel, 2014); *Mulheres na ficção brasileira* (Batel, 2016); *Corpos-sentidos* (Patuá, 2020); *Identidades em fuga: personagens-escritoras no romance brasileiro do século XXI* (Margem da Palavra/Urutau, 2021). É mestre e doutora em literatura brasileira (UFRJ). Finalista do Prêmio Off-Flip de Literatura (2021), na categoria poesia, e semifinalista, na categoria crônica, escreve quinzenalmente para o Jornal eletrônico *O Partisano* e faz parte do corpo editorial da revista literária *Topus* (UFTM).

HÁ UMA FLOR NO ABISMO

helena arruda

editora Urutau
primeira edição
2021

O —

editora Urutau

avenida peirao besada, 6 - 2D
36163 poio-pontevedra
(espanha)

rua maestro demétrio kipman, 210,
jardim américa, bragança paulista — sp,
brasil
12902-130

[+55] 11 94859 2426 [brasil]
[+34] 644 951 354 [galiza]

www.editoraurutau.com.br
contato@editoraurutau.com.br

[EDITORES]
tiago fabris rendelli & wladimir vaz
[COORDENAÇÃO DE REVISÃO]
debora ribeiro rendelli
[REVISÃO]
marcus groza
[DIAGRAMAÇÃO E CAPA]
victor h. azevedo
[ISBN]
978-65-5900-194-1

dados internacionais de catalogação na publicação (CIP) de acordo com ISBD

arruda, helena
A779h há uma flor no abismo / helena arruda. - bragança paulista, sp: editora urutau, 2021. 128 p. ; 14cm x 19,5cm.

ISBN 978-65-5900-194-1

1. literatura brasileira. 2. poesia. I. título.

CDD 869.1
2021-4760 CDU 821.134.3(81)-1

elaborado por odilio hilario moreira junior - CRB-8/9949

sumário

III. HÁ UMA FLOR NO ABISMO

IV. MINHA LÍNGUA É UM BRASEIRO

[prefácio]
Helena, memória, margens, corpo

Caminhar sobre a página, em rasgo, corte, cicatriz. Uma página--cena que dá vontade de ficar, morar nela antes de singrar no livro. Ela diz. E diz tanto. Abre cenas, riscos. Cena-página, um dia gris, *in blue*, ou o amarelo do quadro de Van Gogh. A terra vermelha, o alaranjado entre naufrágios.

Com Helena vamos para outras alturas-abismos, o Olimpo é cá embaixo, na esquina onde Héstia, a deusa do lar, vaga pelas ruas sem casa: "héstia, a deusa do lar, não tem lugar no mundo/vaga pelas ruas do rio". E encontra Afrodite. E dividem as calçadas e os clientes. Ouvimos "da desigualdade da pólis, e seus contrastes./afrodite, deusa de rara beleza, encontra héstia na/esquina em que faz ponto e as duas ali famintas/dividem os clientes/o batom vermelho/e o dinheiro" e lemos ainda: "que o olimpo, meu bem, é mesmo a rua/porque felicidade não há." E já estivemos no fundo do abismo sob as águas, a palavra colada na pele, a palavra-planta desse mundo abismo, a esperança tatuada "na pele", "as horas do tempo tatuam/as linhas da vida/elas abrem feridas".

Linhas da vida abrem feridas. Pele que é dentro e fora. Neste livro-poema de Helena Arruda, sua "arquitetura do corpo" configura espaços, sombras, silêncios, luz, vazados. E esse corpo, lembremos, é casa. Ou deveria ser. Há o corpo de Nina, violado, esse corpo invadido. Na cidade onde moram meninas nas calçadas "agora, está no sinal/a menina-marginal/com seu vestido rendado". Nas calçadas, "memórias com páginas arrancadas", caminhos que voltam da "menina-marginal". Seu vestido sem o bordado de um dia, sem as páginas-memórias, a menina "carregada de farrapos". Essa cidade descosturada e seu coração cerzido, o coração de Helena que pulsa o sangue, nas palavras no lugar das células que vazam, a palavra agulha-linha-cicatriz. Escrever "é uma questão de sobrevivência", ouvimos no poema, "de me sentir viva. de ser quem sempre fui/: autêntica, como me disse um dia minha mãe/sabendo que eu sofreria muito/muito mesmo". E nesse chão de perdas, "o céu continua em chamas", "o brasil faz jus ao nome/e queima e mata e morre." Também "um vírus circula no ar e impede o toque/mas o toque já não existe/faz tempo".

E às vezes "sou só o pó e a neblina, o mato/rasteiro que tenta se agarrar às pequenas coisas que/dão algum tipo de contentamento, tanto faz." Seguimos as pistas, mas ela sabe: "já nasci assim, com o coração batendo forte." Essa é Helena, o coração cerzido, mas que pulsa sem medo porque é medo-coragem na escrita e pergunta das mulheres no seu corpo, "uma mulher morre um pouco todo dia", mas o que vive nelas é pulsação que não para, vive.

Minha língua é um braseiro

E de novo o Olimpo revisitado: "gosto das putas, porque são deusas do olimpo/da tragédia anunciada pelas horas/pelos dentes".

Sim, esse "corpo consumido na vastidão dos becos/: geografia dos excluídos." Mulher no seu corpo-medo-coragem, "minha língua é um braseiro". O grito, e o poema respira, essa dor mancha o papel, ela acorda e escreve "escuto uma sobrevivente gritar/depois outra, e outras". No grito, respiração: "o poema respira/retorna/me acorda e/se desmancha sobre o papel". No entanto, "o céu continua em chamas".

E algo mais vive, "meu poema morre comigo/preso na garganta/enquanto os gritos ecoam/dentro de mim/me queimam." Ou "o poema vive comigo/solto na garganta/enquanto os gritos ecoam/fora de mim/queimam o papel." Ela solta o seu grito: "[todo poema é uma labareda/ardendo na boca da poeta]".

E sim, algo mais vive, as palavras moram na pele, "grudaram nos vãos do meu corpo/faz muitos anos". Helena, a vida do poema sobre a pele. Ou várias vidas antes dela, no saber, no amor, na dor ancestral: "descendo de um reino de mulheres generosas, amáveis/que estenderam os lençóis da esperança nos varais intermináveis/da memória./um reino de mulheres resistentes". Helena, seu nome dentro do nome de sua mãe, essa "que soube ser, sem cessar" movimento das ondas desse oceano-ciclo. E sua escrita, que não para ": escrevo sem cessar/há poemas que levam uma vida inteira". E o que pode uma mulher, um poema, senão se inscrever e rasurar a cidade — na borda, na margem, teima uma sobrevivente. Com seu nome, Helena convoca o Olimpo e deusas em diálogo que embaralham lugares.

E teima a palavra incandescente, e a língua diz: "deus é mulher". E diz deusas e diz putas e diz "só as putas são felizes". E é correr a cada verso para saber da rasura-do-que-era-antes. Mas conto um pouco aqui: "deus é mulher/porque/morre quotidianamente/e ressuscita/depois de maltratada pela vida." E "deus é mulher/porque sangra todos os meses/perfurada por dores inimagináveis/: quando perde seu filho/para as balas perdidas."

Da barbárie que rouba olhos, bocas, sentidos, ela inscreve no poema o corpo que falta. E há seios, costas, útero, no poema, e há olhos, ouvidos, boca, e ele sangra e o mundo volta a ter corpo. A pele recebe a carícia, recebe a brisa, "neste mundo sem tato/sem contato/estar sobre a pele/sobre a página". E página cicatriz que comunica fora e dentro. Do seu mundo submerso conta do sangue que um dia. ": tudo é mistério./submerjo por horas nas águas frias do pacífico/em busca das pérolas sagradas/que cobrem seus olhos de ressaca e dor/mas tudo é escuridão/encontro seres estranhos no fundo/e uma estrela se move pela fresta de luz." E abismo, na cilada das palavras. Desse vazio perigoso, lemos em Clarice Lispector: *dele arranco sangue*. Também Helena Arruda usa seu corpo como forma de conhecimento. E sabe do escrever seu perigo, quem tentou, sabe. Memória, cidade, margens, esquecimento, ferida, no seu livro-poema-corpo.

Poeta e ensaísta, Helena nos conta o que pode uma mulher: "clarice disse que uma mulher degusta todas as/baratas que moram nos porões do pensamento/porque ela pode/pensar paulatinamente e degustar ao mesmo tempo/e decidir seu percurso entre a sala de jantar e o/sótão abandonado e frio" e ainda, "uma mulher e as inúmeras baratas e/sua sanha de devorá-las". Ora, o que os deuses lhe sussurram ao pé do ouvido ela não ouve, ela sabe: "uma mulher pode atravessar a vida entre a sala/e o quarto/devorando tudo o que quiser."

E ela segue na escrita "pelas ruas/que gritam dentro de mim", ora rios, ora ruas. E ora perdas, em carne viva. "tenho muitas perdas vagando dentro de mim", e de novo sobrevive. Cicatriz que é pele e é rasgo dentro, agora relevos do que está "sob a pele". Aprendemos mais uma dor: "a felicidade fugiu junto com os órgãos retirados/por alguém que me esfolou inteira/me enfiou o punhal vezes seguidas." E "sinto meu sangue transportando todas as dores".

E nessa sobrevivente, todas as mulheres vivem. Mesmo em cada morte quotidiana — "[toda mulher morre quotidianamente]" — há o que vive sempre: "tudo gargalha anoitece clareia sangra e seca."

Como pode, num coração cerzido, pulsar um oceano (e morar tempestades). Ela escreve: "[um oceano mora em mim]" e eis seu "coração cerzido/com uma linha tênue e frouxa/uma linha transparente/que se rompe com qualquer movimento brusco." E uma entrega: "estou alinhavada e não sei como apertar os pontos."

A cidade que submerge em mim

No Olimpo em que Helena finca na terra, "muitas tempestades moram dentro de mim e da menina da esquina" é sempre um cruzar fronteiras e atravessar, "escrever é um ato de coragem/: é saltar dos abismos/para ver/o que/que/há." E daí medo-coragem "transpõem todas as fronteiras/derrubam os muros de berlim/as cercas de arame farpado/mas sempre se cortam". Mas é naufrágio, e ela é sua própria embarcação. E lembra: "muitas mulheres moram em mim" e "toda mulher lê sinais". E eu digo também, lê ausências: "naquele lugar escondido tem tanta coisa/: poste torto/: monumento sem braços/: muralha vazada por tiros/: iluminação queimada". E na ausência, instantes. E de novo, o seu sentir a cidade, a saber de sua busca: "[toco as pedras limadas pelo tempo]/busco a cidade que submerge em mim". E seu corpo náufrago amanhece nas desmemórias, perdas, mas se inscreve, nada nas águas, lembra. "Busco então terra quente/para fincar meus pés cansados/porque às vezes é necessário virar casa/fechar algumas portas/abrir algumas janelas e/encarar o sol."

Terra vermelha, o alaranjado entre naufrágios. A mulher habitada, as mulheres que habitam. Janelas, chuva. E chuva é a intimidade da casa, um fora que é íntimo, casa-corpo. Mas também "ausências de lugar", revolta, "não aceitei migalhas", memória de "ave-eva", ancestralidades a puxar linhas, fios, na madrugada. Navegar entre as palavras entrecortadas de dor.

Susana Fuentes

Para Eloisa Helena, minha mãe, que soube ser sem cessar:
melhor amiga, primeira leitora, primeira mulher a me ensinar
que é possível colher flores nos abismos da existência.

ahora

en esta hora inocente
yo y la que fui nos sentamos
en el umbral de mi mirada

Alejandra Pizarnik

Escrever é atirar-me dos abismos, sem redes de
proteção, para ver o que há lá embaixo, no escuro
do mundo, e voltar com a flor — esperança tatuada
no meu corpo-outro, no meu corpo-devir.

I. NO OCEANO AZUL-DAS-PALAVRAS

labirinto

sigo divagando entre um poema e outro
decido afastar lentamente
o sol-da-menina-dos-meus-olhos-d'água.

não quero o calor do astro-rei na janela do meu labirinto.
corro encharcada de tristeza pelos campos de algodão e
não encontro o mar.

retrocedo.

preciso me afogar no pacífico
onde sempre sou mais feliz.

pacífico

a moça de dedos longos me acordou
me fez seguir viagem sob seus sóis
porque o tempo é rápido
nem sempre a água é suficiente
nem o ar nem as pessoas
nem os livros nem os amores

só o mar se basta.

sob suas horas
desmanchada de tristezas
rumei para o pacífico e me afoguei naquelas águas
cheias de pequenas embarcações y
leões-marinhos y
pescadores y
cânticos chilenos.
entre os sóis da primavera
y a algazarra das crianças
y das vendedoras de peixe
eu fui então feliz.

retinas

as horas me chamam numa manhã ensolarada
de domingo.
eu finjo que está tudo bem
mas não está.

então decido dormir mais
ficar com as janelas fechadas
para a claridade que invade meu dia gris.

gosto da solidão das horas
que encharcam meu pensamento
numa liberdade derradeira.

abro as janelas
: quero queimar minhas retinas.

fim do dia

a mulher de dedos longos me deu as mãos e
me levou para seu barco
ancorado na solidão do fim do dia.
pensei se deveria compartilhar com ela minha alegria.
ela me disse que minha alegria era contagiante.

o céu da boca da mulher de dedos longos
refletia todos os seus opostos
: ela era menina e mulher, gozo e desprezo.
o céu da sua boca era cravejado de estrelas
que se expandiam em constelações.

sua boca, de uma imensidão de cores, contém pinturas
expressionistas e rupestres.
a mulher de dedos longos contém o universo no céu da boca
: estrelado de desejos.

nudez

a sombra que havia sobre o corpo nu
foi se dissipando com o tempo.
com o tempo, a mulher de dedos longos
sussurrou nos meus ouvidos
que a vida é um jogo
de luz-sombra-luz
e nuvens de algodão
nos espaços-do-céu-da-primavera.
possibilidades de pequenas alegrias cotidianas
: um livro, um poema, uma folha
no infinito dos sonhos.
assim, seguem as horas
que se desmancham nas redes e nas varandas
das serras-infinitas
que sobem e descem
descompassadas
no meu peito nu
[de alegrias].

morte

uma mulher morre um pouco todo dia
[no fim da tarde]
quando o sol esquenta vagarosamente
suas pernas cansadas e seus pés sedentos
de palavras, de histórias pra contar
e depois sobe o morro e esquenta o morro
as árvores e toda a vegetação.

uma mulher morre um pouco todo dia
[pela manhã]
quando o sol do inverno teima em queimar
suas retinas vermelhas, exaustas de ver
o que não quer
e seus olhos embaçados e
ressequidos se fecham
sem cessar.

uma mulher morre um pouco todo dia
[à noite]
quando o sol se põe e a escuridão chega
paulatinamente
causando vertigem e náusea
seu corpo sem energia
não reage à dor. não reage.

uma mulher morre um pouco todo dia
[nas horas gris]
quando o sol esmaecido não brilha mais e
seu corpo estirado na cama é
só um corpo estirado na cama.

uma mulher morre um pouco todo dia.
morre.

sob a pele

ideias roçam minha pele de madrugada
querendo penetrar nos orifícios do meu pensamento
e eu as mando retornar.

insistentes, pedem que eu as deixe entrar.

clamo para que me deixem em paz.
viro de lado
de bruços
de barriga para cima.

teimosas, insistem em ficar
depois não acham a saída
do meu labirinto caótico
das minhas loucuras.

enjauladas, querem a liberdade
o papel, o viço da pele.
na pele, superfície rasa
sobre a qual as horas do tempo tatuam
as linhas da vida
elas abrem feridas e eu

eu sigo escrevendo sem parar
: valões abertos no corpo.

sob a pele
: única forma de estar no mundo
eu sinto o sangue
escorrendo por rios subterrâneos
ansiosos por encontrar o mar.

entre as horas

o amarelo do quadro de van gogh
brilhou na menina dos meus olhos
embaçados de tristeza e
eu reluzi inteira para a vida
que estava inerte
num canto da parede
refletida na imagem da santa
que me olhava com olhos
de piedade e mansidão.

o amarelo do quadro de van gogh
me queimou inteira na fogueira
dos desejos de mudança e eu vi
no fundo do branco
dos seus olhos
um vale azul profundo
rio onde deságuam possibilidades de cura
onde me lavo, me esfrego
para sair o cheiro da tinta
da melancolia
que me colore todas as tardes
com a cinza das horas
prenunciando o fim do dia

da vida
que se abrevia.

poema para gamoneda

(i)

um gato esquenta meu colo no inverno solitário do fim do dia
quando
todas as pessoas estão sozinhas dentro de suas paredes
individuais.

[impenetráveis]

um vírus circula no ar e impede o toque
mas o toque já não existe
faz tempo.

estamos num inverno interminável
numa estranheza melancólica.

(ii)

um gato esquenta meu colo solitário no inverno brasileiro
que não é tão frio assim

[mas está se tornando inóspito]

quando a alegria vem descendo
flutuando pelos rios
em que eu costumava mergulhar
meus pés
cansados da caminhada
ou quando ficava submersa

[em apneia]

para não sentir dor
mas sentia.

(iii)

um gato esquenta minha vida

:nada mais.

(iv)

um gato solitário
e o fim do dia
que prenuncia uma escuridão interminável

: '¿que hago yo delante del abismo?
... la inmensidad carece de significado'

(versos de gamoneda, no *libro del frío)*

em busca do tempo perdido

tenho medo de não ler todos os livros que tenho
ou pelo menos
os que comprei na quarentena.
todo dia parte um amigo, parte um conhecido enquanto estendo
[os lençóis brancos
da noite anterior, nos varais da memória.

Em busca do tempo perdido chega hoje
aqui em casa
e eu que queria tanto esse *box* de proust
com tradução de fernando py
também levado pela covid
o recebo justo hoje
junto com a notícia da partida do carvalho
o livreiro-amigo, da ufrj, que o vírus
também levou.

subo as escadas com o calhamaço
de proust presos nas mãos dormentes.
os sete livros me olham e me dizem
ao pé do ouvido que terei tempo.
as capas unidas formam um desenho lindo
que escorre entre meus dedos magros.

[o tempo é só uma convenção humana]

penso no meu tempo neste planeta.
quanto tempo terei?
preciso falar
com amigos e amigas, com parentes
com tanta gente.
lembro que preciso ainda escrever os livros
que me habitam.

[estranhezas]

penso na pilha de livros que preciso ler
nos meus desejos de viver.
penso nas músicas que marcaram minha vida
no primeiro beijo.
mentira! não penso em beijo algum. não lembro.

as memórias se confundem no tempo presente.

abro a primeira página
do primeiro volume de proust
em busca do meu tempo
e descubro
que ele é

apenas ausência.

águas

estou nua diante das águas imóveis do lago
onde narciso se olhou pela primeira vez
[mas não me vejo]
estou nua à margem das águas escuras
: leve libélula lápis-lazúli
que rodopia sobre um único lugar
[mas não se molha]

estou nua e minhas roupas
abandonadas sobre as pedras frias
agonizam com minha agonia.
tenho medo do escuro
mas preciso cumprir o meu destino
: mergulho
no
céu
apagado
[desapareço]

um dia gris

sinal do temporal que prenuncia no horizonte
eu ali
: meio cantante
: meio silente
: um pouco feliz

[só um pouco]

esperando o aguaceiro me encharcar
de sorrisos
porque sempre gostei da chuva.

eu ali
: carregando o beijo de klimt
no corpo, pensando nas lições de krenak
sorrio
meio cantante
meio silente
fazendo poses para a câmera capturar
um movimento qualquer
que antes eu não queria.

só depois pensei na câmera
: uma sequência de instantes

[para sempre capturados]

enquanto a chuva não vinha me ensopar a cara e o corpo
: lavar meus pensamentos.

eu ali meio silente, esperando o clique, o aguaceiro
lavar meus pensamentos.

eu ali meio silente, esperando o clique, o aguaceiro
o instante da felicidade

que não existe

e eu já sabia, porque
a felicidade é deus.
escrevi no meu outro poema
sou teimosa e repito
até não aguentar mais ouvir minha própria voz
: a felicidade é deus e ele só aparece com a chuva ou
com o prenúncio dela
quando as nuvens não aguentam mais
o peso das águas e desabam, lavando tudo
levando tudo.

aí ele aparece. depois dá adeus
porque sendo deus, ele pode o que quiser.

então, a leva embora com ele
: a felicidade.

in blue

de frente para o mar, penso nas muitas mulheres
que estão mergulhadas
no oceano azul das palavras
: mulheres *in blue*.
a mulher-outra me sopra nos ouvidos
uns segredos e eu

vou ficando azul junto com o oceano
que se desenrola diante de mim, arrebentando as ondas
numa fortaleza incrível.

o mar me persegue
: atlântico-pacífico. cansaço-calmaria, tanto faz.
mergulhei muitas vezes e fiquei lá
[em apneia]
observando os seres extraordinários que habitam
as profundezas.
emergi a tempo, antes de perder o ar, antes de me afogar de vez.
sempre me antecipo, porque ficar em apneia no meio do nada
no escuro do mundo
não é fácil. tenho muito fôlego. já aguentei muitas águas
[comprimindo
minha ossatura, minha carne, meus olhos.

hoje só quero enxergar o branco sobre o azul
estourando aos meus pés.
eu silente, olhando a braveza do mar, seu cântico imenso.
eu ali
pensando em morrer afogada, como me diz um homem que passa.

eu ali, sobrevivendo
porque tenho um medo danado do mar.

acrobacias, ou da resistência ao medo

para Susana Fuentes

sigo pensando de onde vêm meu medo
e minha coragem
e decido que vêm do mesmo lugar
disputam o mesmo espaço
a mesma vastidão
saem do mesmo buraco quente
e preto
saem embaçados
recém-nascidos que são
saem gosmentos
estranhos
berram com a luz nos olhos
com o sol que os queima
por isso
desferem os mesmos golpes
cortam a garganta
prendem a voz
gritam pra dentro do dentro
pras entranhas
pro pensamento
chegam aos pés que estão plantados
na terra vermelha

esturricada
[voçorocas autranianas]

depois, só depois chegam ao coração
: carne crua, sangue vivo
de lá, acrobatas, fazem malabares
escorregam pelas fitas coloridas
se alegram, cantam canções de ninar
choram baixinho pra não me acordar.
de lá, seguem sem cessar
em busca da saída
mas não a encontram
retrocedem, dão outras cambalhotas
caçoam de mim
que nunca aprendi a dar
cambalhotas no ar, riem de mim
sabem que não sou equilibrista
se aproveitam do meu desequilíbrio.
percorrem todo o meu labirinto
se perdem dentro de mim
mas estão sempre juntos

[medo-coragem-ou-coragem-medo]

o medo quer sempre se sobrepor à coragem.

só porque ele é machista
acha que pode mandar em tudo
especialmente na coragem

mas ela, ela sempre saltou dos abismos
sem redes de proteção
à procura da poesia.

escrever é um ato de coragem
: é saltar dos abismos
para ver
o que
que
há.

então minha coragem sempre vence o medo
e germina o papel, escreve-o, reescreve-o

[palimpsesticamente]

borra o papel, mancha-o de preto
: pingos de sal dos meus grandes olhos pintados
do oriente.

lembro-me dos olhos da cigana oblíqua e dissimulada
do meu outro poema, a capitu, que olha o mar
à espera da salvação.

flashbacks caem como cometas
nas águas turvas do mar
que explodem em ondas imensas.

depois
depois se espalham como óleo

: flutuam
percorrem os oceanos-azuis
: os horizontes
transpõem todas as fronteiras
derrubam os muros de berlim
as cercas de arame farpado
mas sempre se cortam

[corpo-mutilado]

as palavras
: cicatrizes profundas
jamais serão apagadas.

[corpo-regenerado]

no oceano-azul-das-palavras

não tenho medo
de me atirar dos precipícios
para permanecer onde sempre estive
: no oceano-azul-das-palavras.

sei mergulhar e
submersa permaneço por horas
observando calada o meu entorno.

vejo seres estranhos e
pasma
pisco os olhos na tentativa
de entender alguns movimentos rápidos.

emerjo silenciosa e
na minha invisibilidade busco o ar.
zonza
preciso me recompor da náusea.

busco terra quente
para fincar meus pés cansados
porque às vezes é necessário virar casa
fechar algumas portas

abrir algumas janelas e
encarar o sol.

naufrágios

sobre o mar ondulante
minha embarcação segue à deriva.
sou obrigada a pegar o leme e a jogar no mar
tudo o que não quero, na tentativa de flutuar
um pouco mais.

o barquinho segue afundando
: água por todos os pequenos orifícios.
sou minha própria embarcação. não cabem nela
desassossegos desmemórias
desviveres. vivo.

subo na proa e tento encontrar a ilha, mas descubro
com saramago minha existência
: cruzo as fronteiras do pensamento e
atravesso sem cessar
as tempestades.

na linha do horizonte alaranjado
encontro alguma esperança
um punhado de paz.

sempre amanheço
em apneia
no oceano-azul-das-palavras-que-me-moram e
lembro
que ainda posso nadar.

II. A MULHER HABITADA

a mulher de dedos longos

nas montanhas se escondem muitas dores e pedidos de socorro
porque a mulher de dedos longos
chama sempre para o entardecer nos abismos.

[um dia ela me chamou]

eu nunca tive medo dos abismos nem das alturas
nem dos pequenos universos que se escondem lá.
subo todas as vezes que preciso escutar a felicidade de perto
ou deus, quem sabe

a mulher de dedos longos me sussurrou que lá fico mais perto dele
: de deus. eu sempre acredito no que ela diz.

uma vez ela me mandou para os pampas argentinos e eu
corri feito louca no meio dos pendões
do fim do dia.
corri de braços abertos em direção a deus.
ele tinha uma barba branca e
não tinha nenhum dente
e ria comigo e ria das minhas estripulias e ria
cada vez que eu corria
no meio dos pendões

e tropeçava
e caía
: como a criança do caeiro
quando encontra a novidade.

nas montanhas, eu sempre encontro deus e
a mulher de dedos longos
e eles conversam entre si e se entendem e riem
das minhas dificuldades para conseguir subir.
ele sempre diz para ela que eu vou conseguir.
e eu consigo.

deus, agora um menino, gritava lá do alto e
dizia que era para eu subir e subir e subir e
subir mais
eu ia e ia e sorria e ficava feliz.
ele, agora um jovem
de dentes brancos e braços musculosos
me segurava pelas mãos e
me puxava e eu ia
porque confiava nele.

certa vez, ele me apareceu no mar e sorria e
me dizia
para não ter medo do mar. ele não tinha.
era um surfista.
eu não ia. a mulher de dedos longos me dizia
que o mar era um obstáculo
muito maior que a montanha.

ele e ela se entendiam lá, enquanto eu
esperava nas areias e só observava
as ondas que explodiam
: dragões em fúria.

nas montanhas eu sempre fui feliz
: aprendi a lidar com muitos precipícios.
então, sempre vou lá
onde encontro deus e a mulher de dedos longos.

às vezes ela conversa horas comigo
me ensina a fazer pão de canela, chás
e comidas diferentes.
depois eu volto para os livros
escrevo tudinho que ela me ensinou
que é para sempre ter coragem de ir.

[um dia ela não vai me deixar voltar]

a mulher nua

uma mulher forte é capaz de abandonar seus pesos pelo caminho
e seguir adiante em direção às águas
tingindo-as com seu sangue mensal, seu vapor, seu sal.

molha os pés, as mãos, o rosto
e os cabelos
para as ideias florescerem mais e mais
e se abrirem como botões na primavera
embaixo de seus cachos de mel.

uma mulher forte mergulha seus pensamentos
esfrega-os, enxágua-os
estende seus pensamentos
sobre as pedras polidas e quentes
para que eles brilhem cada vez mais.

pronta
ela mergulha nas águas escuras
e lodacentas dos lagos fundos
ao sopé da montanha, em busca de seres brilhantes
: sereias de águas doces que cantem canções de esperança.

depois volta revigorada
para estender seu vestido de algodão floral
sob o sol do fim do dia.

nua, ela estica as mãos para os abismos e cachoeiras
que jorram ideias, respingando gotículas no seu corpo queimado
pelo delírio.

a mulher carrega seus pensamentos bem embaixo dos cabelos,
que ela teima que sejam curtos para as palavras saírem sem
dificuldade
: num parto de cócoras.

exaurida, retorna para seu abrigo e anota tudo o que viu — as
estrelas, os seres minúsculos, os seixos amarelo-ouro, cristais e
ninfas e animais estranhos e

o homem.
anota o homem, escreve o homem em seus versos materializa o
homem para que ele se distancie dela.
pega a tesoura e recorta as partes que não quer mais e se despe
de todas as certezas. encontra a paz.

a mulher habitada

(i)

a mulher habitada, perdida nas lembranças da poeta, carrega
[todos os seus contrastes
[e seus medos].
enredada em seus pensamentos, ela busca a luz nas janelas do
[tempo
que batem com o temporal que prenuncia.
sozinha, ela recolhe as roupas coloridas dependuradas nos
[varais da memória.
ao longe, o sol doura a plantação de trigo
que ziguezagueia na ventania, sussurrando-lhe segredos.
vagarosa, ela caminha na tempestade, iluminada por suas
[conquistas cotidianas.

(ii)

a mulher habitada vive com seus pés bem fincados na terra
[úmida e movediça
onde germinam desejos e palavras e grandes florações de
[camomila
ou de uvas ou de amoras, tanto faz.

ela não precisa provar que é capaz de ir
[ou de ficar]. vive apenas e
burila as estações do ano
: planta e colhe e cozinha seu alimento e alimenta seu espírito
[faminto.
o corpo, não.
o corpo flana na multidão e olha para todas as direções e
retorna ao ponto onde tudo começou.
corpo-circular.

(iii)

a mulher habitada reúne em si todos os seus opostos
e brinca de cabra-cega
porque é necessário pôr vendas para não ver sua tristeza.
mas chorar, chorar ela não chora mais
: prefere a reclusão do mundo
os sonhos de perséfone

(iv)

e a imaginação e a loucura e os papéis e as tintas e
a música do chico e as orquídeas e
as bromélias e
sua pequena prisão.

(v)

a mulher habitada é
: porque se basta.

chuva na janela

olhar a chuva é sentir o gosto do pão de canela
fumegando pelas chaminés mineiras
e perceber os abismos que estão logo ali, à frente
do outro lado das montanhas.

na solidão sartreana que me move
opto por observar sorrisos inocentes
de quem carrega as malas cheias de ideias vagas
[imprecisas]

a vida é miragem compartilhada ao som
de julieta venegas
marisa monte
zélia duncan
ou mercedes sosa
vai saber
ondas intermitentes
ritmos imaginários no caos.

a mulher habitada não tem pressa de chegar ou de partir
ela desliza entre suas possibilidades de vida
ou de morte.
e tece seu manto dourado

sem sombras
: medo não há.

os olhos de clarice

minhas retinas encaram os olhos
agateados de clarice
que me dizem
que uma mulher pode atravessar a vida
indo da sala ao quarto da empregada
onde ela é capaz de matar todos os seus
medos
e comê-los numa autofagia louca.

um a um, seus medos sendo saboreados e
seus dedos sendo lambidos um a um e seus medos
sendo expurgados um a um e sendo digeridos e
virando ficção e virando poema e virando a mesa e
virando a vida do avesso.

clarice disse que uma mulher degusta todas as
baratas que moram nos porões do pensamento
porque ela pode
pensar paulatinamente e degustar ao mesmo tempo
e decidir seu percurso entre a sala de jantar e o
sótão abandonado e frio
[do pensamento].

uma mulher e as inúmeras baratas e
sua sanha de devorá-las
uma a uma à medida da sua necessidade
de superar o que os deuses em sua imortalidade
lhe dizem ao pé do ouvido.

ela não ouve
uma mulher pode atravessar a vida entre a sala
e o quarto
devorando tudo o que quiser.

uma mulher pode ver nos olhos de clarice
todas as possibilidades.
uma mulher pode tudo
uma mulher.

dos poemas suicidas

hoje, caminhando ao sol, pensei nos dias
que não vivi
nas horas intermináveis das ruas
das cidades
nos alvoroços dos carros nas gritarias
dos vendedores ambulantes.

hoje, caminhando pelas ruas
da não-urbe
pensei nos poemas que não escrevi
e nos que escrevi em demasia
e que ainda moram em mim.

hoje, caminhando pelas montanhas
pensei nas pessoas que conheci
nas que conheço desconhecendo
nos poemas que estão ainda
dentro da caneta.

confesso que o que mais pensei
hoje, caminhando
pelas ruas
que gritam dentro de mim

[veias latejantes que me pulsam]

foi no leitor dos poemas que escapuliram
que saltaram de mim
fazendo acrobacias sem redes de proteção
: poemas suicidas
que são corajosos
dão mortais no ar
entre um suspiro
um susto
e uma queda.

depois, só depois
o aplauso.

hoje, caminhando
pensei

nos poemas suicidas.

em carne viva

tenho muitas perdas vagando dentro de mim
mas hoje acordei tentando me achar
: questão de sobrevivência, de estar inteira
para perder o que talvez nunca tenha tido.
tenho muitas perdas vagando dentro de mim
: cicatrizes profundas, para extirpar a dor.
[que não foi extirpada]
todas as ilusões perdidas. todas.
a velhice chegando, mas a felicidade
a felicidade não chega nunca.
a felicidade fugiu junto com os órgãos retirados
por alguém que me esfolou inteira
me enfiou o punhal vezes seguidas.
sinto meu sangue transportando todas as dores
para o meu coração, que as guiará para as células
que se multiplicarão num câncer.
[que já tive]
não quero mais a multiplicidade celular acelerada
: é uma dor indizível, então não digo.
só digo que ela cheira a dióxido de carbono
exalado pelos canos de descarga
dos carros velhos, sucatas.
quero a novidade que sorri, que me abraça com carinho

com cuidado e faz compressas de ervas balsâmicas
nas minhas feridas abertas nas costas no abdômen nos seios
[por todo o corpo]
quero um homem que beije todas elas e
cuide delas com amor. eu quero.
escrever não salva ninguém, mas ajuda
a flutuar nos abismos, sem bater em muitas
das pedras pontudas
: estiletes afiados.
então escrevo para mergulhar na dor e
arrancá-la de mim, mas não consigo.
[ela não sai]

esfrego as minhas dores com esponja
de fibras naturais, que é pra arrancar mais rápido
pra limpar mais.
[não limpo]
lembro que teseu jurou que me destruiria
e às vezes acredito, noutras insisto que é
pura ficção
: minto pra mim
mas pra poesia
pra ela, nunca menti.

poema da madrugada

é madrugada e eu não consigo dormir.
uma mariposa linda pousa no teclado do meu celular
no momento em que descubro que posso escrever nele
todas as minhas insanidades.

[toda mulher lê sinais]

aparecem na minha cabeça cansada
infinitas imagens e vozes
e poemas que preciso escrever
mas o tempo
o tempo é de uma crueldade ímpar.

[toda mulher pensa que pode lutar contra ele]

o tempo já me arrastou muitas vezes para o labirinto
e me abandonou sozinha com meus pensamentos
: lá era escuro, eu tinha medo e esperava teseu me libertar
mas ele nunca chegava na hora certa da libertação e eu
aprendi sozinha a encontrar a saída.

[toda mulher encontra a saída, mas não sabe que é capaz]

subitamente, uma alegria toma conta do meu corpo
ao me ver assim, largada na cama, simulacro de ideias
: a mulher vence o cansaço e escreve seus desejos
borboleta
que acaba de sair do casulo em direção às macieiras.

[toda mulher come a maçã em algum momento]

muitas mulheres moram em mim
: deusas sereias bruxas putas santas
marias clarices cecílias adélias virgínias
hildas helenas — multiplicidade de olhares.
me divirto com a loucura delas
com seus homens e suas mulheres
com seus abandonos e amores e mortes sem fim.

[toda mulher morre quotidianamente]

mas não morrem o amor nem o desejo nem o sexo
nem os olhares nem os chás nem as curas
nem as dores
nem as palavras.
numa mulher nada morre, porque tudo é vida.
tudo gargalha anoitece clareia sangra e seca.

[toda mulher é libertação]

o pulo do gato

um gato pulou no meio do meu pensamento
deslizando cuidadosamente entre meus neurônios.
pisando daqui e dali, sacudindo as patas pra não
sujá-las com a enorme massa profusa
que não me deixa descansar
brilhando como estrelas
na constelação de órion, há milhares de anos-luz
diante do pretérito mais-que-perfeito
ou como a luz intermitente
de um puteiro fétido da beira da estrada
[tanto faz]

um gato macio e peludo pulou em cima de mim
querendo colo e eu encantada lhe dei
o meu melhor carinho
[o meu amor]
o felino não me largou mais
e agora toda noite ele vai lá
e abre a portinhola e entra sem permissão
olhando pra
cá e pra lá, desconfiado com os atalhos
pro pensamento
e, de repente, num salto, ele captura a palavra certa

e mastiga
e volta a ser mansinho e quente e brilhante e
ronrona pra dizer
que me ama.

das ausências de lugar

naquele lugar escondido tem tanta coisa
: poste torto
: monumento sem braços
: muralha vazada por tiros
: iluminação queimada
: alguns degraus que subo para mirar a lua
imaginária.

procuro sempre algum sentido.
[toco as pedras limadas pelo tempo]
busco a cidade que submerge em mim
: minha casa
: minha linha
[fio condutor]
: linhagem?
deslocada
ando devagar pela terra quente
finco os pés descalços
queimo as solas.
meu-corpo-no-chão
[rola]
: multidão-de-afetos.
cheiro o mato rasteiro

a lama
o temporal
[memórias]

abro os olhos
: fotografias desbotadas
vejo o instante das coisas
[*flasbacks*]
: um rastro de sangue
: um vestido branco
: um sorriso perdido
: uma boneca quebrada
: um minuto desvivido
: um relógio parado.

véus transparentes dançam sobre minha visão
e flutuam no espaço gris dos meus olhos baços
: paisagens reescritas
nas paredes gastas.

há tanta vida lá fora
: cores refletidas nas poças vermelhas
da imaginação.

fecho as janelas da minha casa
e descubro minha existência no mar
onde sempre mergulho
em busca de seres
que me digam que ainda é possível

que ainda é possível nadar.

no dia em que não aceitei migalhas

vi de relance a cara do menino, perdida no teu rosto
de homem maduro
esculpido pelas veredas em torno dos teus olhos e
das maçãs pardacentas e murchas.
tristes, seguimos
[mas não de mãos dadas]
à espera de um milagre que não acontecerá.
[não acredito em milagres]
seguimos com nossas solidões individuais.
teus olhos verdes que outrora faiscavam
com o brilho das descobertas
do nosso amor
hoje são baços, encardidos da fuligem das horas
dos dias nebulosos.
o menino te deixou
[faz tempo]
o jovem te deixou
[faz tempo]
o homem admirável te deixou
[faz tempo]
hoje o que resta são escombros e
mágoas
[minhas]

a ilusão me deixou
[faz tempo]
sigo ao teu lado
[invisível]
te deixei
[faz tempo]
minto.

ave-eva

a câmera capturava suas rugas de perto
achei-as lindas, profundas.
ali havia tantas histórias para contar
tantas risadas.
seus vales cortados sobre a pele
indicam muitas direções
: mapas da cidade subterrânea
que moram nela
[côncava]
[convexa]
dependendo do olhar
do *voyeur*
do leitor
do observador.
suas rugas e rusgas caminham juntas
de mãos dadas, abraçadas, ideias
: fios esbranquiçados que se rebelam ao vento.
[o mesmo vento que a faz voar]
as paisagens mudam
mas não os desejos.
as ideias de mudar o mundo persistem na poesia
da ave
que abre as asas e pousa no seu ninho

: teto-todo-seu.
teto dela, de eva
: ave migratória, poeta.
suas rugas profundas me dão alguma dimensão
do seu sorriso
das certezas que moram em torno dos seus olhos
da sua boca sagrada
de onde saltam risadas largas.
boca de fruta madura
amarelada com o pôr do sol
entreaberta pelos desenhos das maçãs
que estão em sua volta
: saltadas, iluminadas pelo sorriso
das novas descobertas.
maçã
: fruta proibida
que, ela, eva, a primeira poeta, comeu
e jamais se arrependeu.
eva
: côncava e convexa
: medo e coragem
: cigana oblíqua dos sonhos do menino
: cigana dissimulada
que morde os interditos
[e descobre o mar]
o mar transparente
: onde tudo é possível
porque adão não há.

ancestralidade

descendo de um reino de mulheres generosas, amáveis
que estenderam os lençóis da esperança nos varais intermináveis
da memória.
um reino de mulheres resistentes
que mataram a flechadas as idiossincracias de uma sociedade
[patriarcal
mesmo sem saber que estavam matando.
um reino de mulheres sábias
ancoradas numa genealogia de suas tantas predecessoras
que lutaram bravamente por suas vidas, por sua liberdade.
um reino de mulheres fortes
que empunharam suas espadas para defender seu alimento, seus
[corpos-devires.
mulheres que aqueceram com seus corpos outros corpos em
[construção
: feridas abertas no bestiário livro de adão.
descendo de um reino de evas sobrepostas
: de carne
: de sais
: de grandes ossaturas.
: parideiras
: caleidoscópicas
: sofridas

: renascidas.
descendo de um reino de fortalezas guarnecidas pela fé nas
[possibilidades
de vida
: mulheres em transformação.

*

*   *

III. HÁ UMA FLOR NO ABISMO

o escafandrista

conheci-o numa primavera quente, estrelada
quando ele sussurrou nos meus ouvidos ávidos
palavras belíssimas e certeiras sobre a necessidade da arte
e me trouxe de volta ao passado e a tudo que ernst fischer me disse.
ele, ser etéreo e dual — livre — e de beleza rara
munido de pincéis e desejos de pierrô apaixonado.
um *clown* embriagado e sedutor
que rouba palavras doces de sísifo, cores de frida khalo
e toda a loucura de almodóvar.
[contrastes]
ser mitológico, tinha asas de anjo que o faziam levitar
e uma cauda enigmática que ondulava pra lá e pra cá
enquanto caminhava.
mas também tinha uma espada que cortava e fazia sangrar
os olhos doces e a voz suave, e uma gargalhada bacante
embriagada pela ausência das horas e do lugar
: um flâneur baudelairiano perdido no século XXI
com perséfone e atena e érato.
nos labirintos da urbe
carregava as cartas de amor de khalil gibran e mary haskell
e toda a angústia de pintar o mundo
e toda a angústia de escrever o mundo.
jogamo-nos os fios de ariadne muitas vezes.

[esperanças]
suas mãos hábeis e seus pés pequenos logo roubaram minha atenção
: andrógino ser mitológico
meio homem meio deus meio demônio meio menino sem lar.
em todas as suas metades ele está
: escafandrista de ruas – artista.
sua alma aflita pulsa.
[movimento]
à noite, ele toma forma de criança e dorme tranquilamente
saciado pelas alegrias do dia
: tintas cores ervas balsâmicas e tudo o mais que ele gosta e faz.
e tudo o mais, porque ele é um ser livre.
mas precipitamos o encontro que zeus não permitia
jogamo-nos os fios de ariadne na tentativa de sairmos ilesos
mais uma vez.
[não saímos]
em sua ira
zeus arrebentou os fios que nos uniam. agora, palavras vazias.
um dia, olhei para o mar e o vi
: catava estrelas e conchas e pintava aquarelas nas areias de ipanema.
tinha barba grisalha e estava bem mais velho. ele me viu
e não me reconheceu.
eu tinha os cabelos brancos e escrevia no mesmo caderno
de arabescos com meu signo de câncer desenhado
que ele vira muitos anos antes em santa teresa
e ficara fascinado.
[cheguei neste planeta vinte anos antes dele]
então ele me abordou e me disse
: posso pintar você, deusa da poesia?

[e eu olhei nos seus olhos e ele olhou nos meus]
zeus me sussurrou nos ouvidos
: agora sim, vocês estão prontos.
e ele me disse sorrindo, com seus dentes brancos e grandes
: estranha sensação de *déjà-vu*
eu acho que já te conheci em outras vidas. isso é possível?
eu também, meu querido.
eu também, lhe respondi.
e juntos mergulhamos
no mar-azul-dos-desejos-infinitos.

[lilith]

retorno

hoje fui ver meu pai no cemitério à procura de respostas
para tantas dores e não o achei lá.
[só seu túmulo encontrei].
meu pai sozinho com seus pais e um irmão
e um tio. meu pai tão longe das filhas e da minha mãe.
sempre vou lá pro meu pai me dizer o que fazer e conto pra ele
todas as minhas aventuras e conto pra ele
todas as minhas loucuras. conto com ressalvas porque meu pai
era exigente e falaria comigo em outras línguas
e me daria uma bronca danada.
e depois do meu medo, ele soltaria um sorriso porque meu pai
e eu somos iguais em sorrisos e broncas
ou vice-versa.
a mulher que está em mim segue em silêncio pelas estradas
de terra à procura de pistas e de histórias longínquas
que me levem às origens, e como meu pai não está, eu
levo comigo o rosário dele pendurado no espelho retrovisor
que é pra eu sempre lembrar de rezar
que é pra eu sempre lembrar.
ele me diria isso, porque minha mãe sempre reza e ele me diria
para ser como a minha mãe, que ela é mulher de fé, não ele.
ele também era, sem saber, como eu.

estranha sensação de repetição.
uma sensação de não ter nascido ainda toma conta de mim
e sozinha sigo meu itinerário tentando me parir
do meu próprio útero extirpado.
retorno e não me encontro — são tantos os países por onde passei.
mas meu coração eu enterrei lá em itabira, desde o meu outro poema.
enterrei-o num lugar de aço, e de cascalhos, contrassenso, porque
queria ficar perto do drummond, onde sempre estou.
estranha sensação de ser *gauche* na vida e de ter que ir-e-vir
e ir-e-vir para o meu próprio centro. centro de quê?
meu umbigo não está mais em mim: o perdi por aí faz tanto tempo.
tempo é o que me separa de tudo, das pessoas que estão lá
nas ruas, lá na vida e eu aqui, onde me tranco para retornar
onde me guardo para retornar
e eu aqui sozinha no meu espaço de escrita
em busca de histórias do meu pai.
minha mãe tem me deixado histórias num caderno-cor-de-rosa
que eu dei pra ela com essa finalidade
: o retorno à minha infância e à dela. o retorno.
tenho escrito muito ultimamente. é um processo de expurgar
minhas aventuras doídas. sinto mesmo muitas dores.
dores insuportáveis, dores do mundo. sinto e escrevo as dores.
escrevo sem cessar. até que cessam. cessam. e aí retorno
e procuro outras dores. outras dores eu procuro sem cessar.
retorno pra dentro do meu labirinto. retorno à espera de teseu. espero.

quarentena

hoje o tempo escorre entre meus dedos
que esfrego e enxáguo sem cessar
na esperança de encontrar as
lembranças da minha infância distante.

o tempo morno, estático
dos relógios — duram
uma eternidade, e zás!
o ponteiro muda a direção da minha vida.

penso então
[a cada mudança do ponteiro]
naquilo que vivi, mas não queria.
acelero o ponteiro em direção ao futuro.
cambaleio
entre ficar ou partir.

me dissolvo nas entrelinhas

pingando lágrimas escuras e borrando o caderno
que se abre ao vento de outono
das minhas janelas pesadas.

de novo o ponteiro, e
tenho uma saudade enorme do meu pai.
sonho que corro como louca para seus braços protetores
porque preciso do seu abraço
de ficar dentro dos seus laços.

zás! o ponteiro acelera e me faz ver
que estou confinada
com uma estranha sensação de liberdade
conquistada a duras penas
: mulher madura.

o ponteiro muda de novo e eu acordo suada
do sono pesado
entorpecida de tristeza e então
eu choro todas as mortes da minha vida
: morri tantas vezes
tantas. hoje eu morri de novo.

e choro todas as mortes do mundo.
choro a minha morte, porque às vezes é preciso
porque às vezes é preciso chorar. anoiteço.
amanhã eu vivo de novo. amanhã o ponteiro muda
eu acordo. amanhã eu vivo de novo.
só amanhã.

antimatéria

tive um *insight* ao entardecer do outono
quando descobri que deus é mulher
que não sou capaz de escrever em terceira pessoa
porque todas as pessoas sou eu.
na minha antimatéria
sou todas as minhas antíteses
porque amo e odeio com a mesma intensidade.
[minto]
não consigo odiar
porque quando amo repito o amor
incansavelmente, até que canso.
descobri que a antimatéria é sonho, devaneio e
se dissolve vagarosamente durante as estações do ano
: trezentos e sessenta e cinco dias e dezenas de milhares de vezes
constelações infinitas que brotam na minha garganta que grita
exaustivamente por liberdade.
estou presa na minha antimatéria, porque não sei mais qual é
a largura da minha vida
dos meus desejos
do meu corpo
: matéria primordial para
o meu poema.

nascimento

hoje acordei com aquela sensação
de não ter nascido ainda.
mas qualquer hora eu nasço
em algum momento eu chego
e permaneço um pouco mais.
e serei ouvida e serei alguma coisa
que valha e serei um sol
ou um flamboyant florido em setembro
com as mãos estendidas para o infinito.
hoje eu acordei com aquela sensação
de não ter nascido ainda.
mas qualquer hora uma estrela cadente
passa e me vê e me aponta o caminho
para o mundo longínquo
das constelações.
por enquanto sou só o pó e a neblina, o mato
rasteiro que tenta se agarrar às pequenas coisas que
dão algum tipo de contentamento, tanto faz.

carta ao amigo infinito

querido amigo
hoje, 25 de julho, dia de tua partida
está um dia lindo e demasiado triste, iluminado
por um céu azul intenso
que só o inverno é capaz.

[olho]

as montanhas
alaranjadas pelo sol do fim do dia
me trazem lembranças lindas da tua luta
: por igualdade
: por direitos humanos
: por mais amor.

[amo]

há uma flor no abismo te esperando para colhê-la
uma flor dourada pelo sol das almas
que espraiam seus raios por entre as árvores
formando figuras claro-escuras
como tem que ser a vida
: jogo de luz e sombras.

[jogo]

um sol de esperança
de dias melhores chega
porque é necessário aquecer o peito
a solidão de quem fica
porque a luta é incessante
como tu me dizias
tantas e tantas vezes.

[luto]

há uma luz pulsando dentro das minhas veias
e penso nos versos de gamoneda
e nos teus versos abissais
na tua música, na tua voz cantante
no teu mar
habitado por sereias que te buscam
: teu mar de almas sem fronteiras.
e então me encho de ti
numa plenitude imensa.

[lembro]

e no meu aniversário, tua última voz
intensa
sibila coisas lindas
e me dizes que depois da pandemia
ias me falar de poesia
e eu

[espero]

logo fico sabendo que o vírus te pegou
e tu, logo tu, respiras mecanicamente.
sozinho, tu não respiras mais.
logo tu, que cantas, que discursas
que encantas plateias.
logo tu
: imenso, intenso.

submerjo em apneia para te fazer companhia
mas já é tarde, a noite vem
a água é turva, já não te encontro
mas te procuro, com minhas veias incandescentes
mas já é tarde, a noite vem.

[emerjo no vazio]

e lembro do que tu escreveste no teu caderno argentino
com aquela capa linda
em que um casal se abraça
provavelmente dançarinos de tango
do teu tango, aquele lindo que tu me deste
que fala de *la pasion por la vida*
da flor mais bela.
e me lembro dos versos que ficaram
no teu caderno
e dos versos que ficarão na memória

[transcrevo]

'numa noite muito longa
contei os dias que não vivi.
vi numa vidraça
escorrendo a minha vida.
já era bem tarde e eu não sabia se amanheceria
e eu assim covarde chorei até um novo dia.
então eu vi, pela janela
tão distraída, a flor mais bela
e em disparada, saltando os medos
desabrochei ao lado dela'.
[amigo, te espero]

(poema dedicado ao amigo querido, marcelo biar, por sua luta diária, por direitos e igualdade.

em itálico: versos de sua autoria, manuscritos num caderno, fotografado e postado por ele, em suas redes sociais, dias antes de sua morte, por covid 19, num hospital de campanha, no rio de janeiro).

há uma flor

sempre há flores nos quintais da memória
onde a natureza e o caos habitam
em descompasso.

há flores a serem esmagadas
por pés descalços

[incertos]

pisando o entardecer dos abismos melancólicos
do fim do dia
onde repousam
o silêncio
e o grito

[primaveras amarelas]

animal *perfecto*

sou um animal perfeito
: como as ervas ao relento, enquanto espero
a hora

[do sacrifício]

sou um animal secreto
: gato que flutua no ar e se esconde
nas latas de lixo

[da memória]

sou um animal sagrado
: marcho para a imolação
de madrugada

[na tua cama]

um oceano mora em mim

uma gota do oceano nos teus olhos de sal
contém o oceano inteiro
: tudo é mistério.

submerjo por horas nas águas frias do pacífico
em busca das pérolas sagradas
que cobrem teus olhos de ressaca e dor

mas tudo é escuridão.

encontro seres estranhos no fundo
e uma estrela se move pela fresta de luz.

eu penso por segundos nos versos de gamoneda
naquela flor que paira no ar
nas roupas que ficaram dependuradas
nos varais da memória
no teu hálito de hortelã
nos fios dourados de teus cabelos
nos teus olhos refletidos
: dois sóis.

me aqueço nas lembranças
e sigo a estrela.

alta-tensão

as palavras esmaecidas batem
no fio de alta-tensão e voltam
para tua boca frígida
[de emoção]
armam espetáculos circenses
no céu, na língua, entre dentes
saem aos gritos, aos berros
[potentes]
ganham ares de maritacas pousadas
nos beirais da casa
[estridentes]
batem asas e pousam levemente
sobre minha boca
vermelha
[de desejos]
luto com as palavras
[diariamente]
mas elas escorrem
: amargas
: ásperas
: sujas
: exaustas

entre teus sais e
meus beijos

[incansavelmente].

no silêncio do mundo

todos os dias aprendo a escutar as palavras
que moram debaixo das outras palavras
: cachos que se desprendem dos meus cabelos
ou tranças que se desmancham pelas minhas
costas despidas de pudores.

palavras
: pios da águia ecoando nos meus ouvidos
murmuram muitas histórias.
sigo o som, tateio no escuro o pensamento
em busca de asperezas e docilidades.

palavras
: cristais reluzentes
quebram com facilidade o silêncio soturno
da minha vida
e depois me deixam sozinha
mergulhada na solidão da escrita.

saudade

recolho-me e tenho sais nos olhos.

recolhendo-me
refaço o caminho da tua voz

: estrela brilhante que me guia
na escuridão dos dias e
na mansidão do mar

azul.

* * *

IV. MINHA LÍNGUA É UM BRASEIRO

gritos

um grito preso ecoa dentro de mim, batendo em todos os meus órgãos.
sinto uma dor aguda, uma pontada
bem debaixo da costela esquerda, um pontapé no meu baço.
penso na palavra 'baço' e lembro que baços são meus olhos
diante da ignorância que assola o brasil
: pisco minhas pálpebras incansavelmente
na tentativa de desembaçar as retinas cansadas
que não desembaçam.
milhares de gritos gritam dentro de mim e eu
imóvel sobre a cama me contorço de dor
e peço aos meus órgãos clemência, pelo amor de deus.
[de repente lembro que descobri há pouco tempo
que a felicidade é deus e que não acredito na felicidade]
mas meu coração me diz: não!
me diz que a dor só vai aumentar, que é pra eu aguentar
me manda continuar e insiste em bater mais e mais e mais e
eu desejo que ele me deixe em paz, mas ele é tão desobediente.
quando meu coração nasceu era ditadura no brasil
e ele observava atentamente as ameaças à democracia
e me ensinava a lutar junto com ele assim
: num descompasso, batia forte, estranhamente.
um grito na minha cabeça me diz que é hora
de sair da cama, de escrever todos os gritos no papel

de resistir mais, porque os gritos doem muito, latejam
e eu estou cansada de lutar.
meu coração descompassado me aponta alguns caminhos
falo com ele que não pode me dizer o que fazer
mas ele sempre se une ao meu pensamento
e dão um jeito de me chantagear
: então escrevo.
e todos os meus órgãos começam a se acalmar
e meu coração então me sussurra
: eu não vou parar agora e tu vais comigo por aí
e vais continuar e vais cumprir o teu papel.
um dia isso acaba, a dor cessa e eu te deixo em paz.

olimpo

muitas tempestades moram dentro de mim e da menina da esquina
da mãe e da prostituta, da professora e da vereadora, da filha e da avó
da pintora e da atriz, da cantora e da poeta, das mulheres.

infinitas tempestades e raios e trovões esbravejam
no meu pensamento insano e no meu coração cerzido
com uma linha tênue e frouxa
uma linha transparente
que se rompe com qualquer movimento brusco.

estou alinhavada e não sei como apertar os pontos.
assim, como está, meu sangue vaza
ensopa aquele meu vestido floral, de flores-de-seda
aquele de que tanto gosto e que usei no meu outro poema
quando me afoguei no chile.

minhas entranhas doem e meus pés flutuam nas nuvens
invisíveis.
será que um dia encontro deus e os anjos e os santos todos?
será que um dia encontro meu avô e meu pai
minha ancestralidade?

a felicidade é mesmo não pensar em nada
mas como não pensar se eu já li
nietzsche sartre
pessoa drummond
quintana lispector hilst
adélia gamoneda ocampo
rosa borges santiago
píglia maiakóvski candido
beauvoir butler machado
foucault canclini alencar
todorov bauman bhabha
galeano marx freire boff
benedetti neruda marquez
y tantas gentes geniais? como?

ancoro minha frota de barquinhos imaginários
bem na curva do rio, com total insegurança
onde sempre molho meus pés, junto com heráclito
e com todas as ninfas.

minha vida é habitada por deusas
que lutam incansavelmente
dentro de mim
e me dizem que consigo sair do labirinto
sigo então a voz doce de érato
que me chama de volta para a poesia
a voz forte de atena e todas as
possibilidades de perséfone
sigo com elas.
só com elas sou feliz.

deusas

gaia, a deusa da terra, sussurrou nos meus ouvidos
que o universo é azul como o infinito e
palmilhado de buracos negros e
vazios, do tamanho da tristeza de héstia
com sua prole para alimentar
: sem comida, sem trabalho e sem lar.
héstia, a deusa do lar, não tem lugar no mundo
vaga pelas ruas do rio de janeiro à procura de
alguma coisa que lhe preencha o fogo-fátuo
para sempre apagado pela frieza
da desigualdade da pólis, e seus contrastes.
afrodite, deusa de rara beleza, encontra héstia na
esquina em que faz ponto e as duas ali, famintas
dividem os clientes
o batom vermelho
e o dinheiro
que o olimpo, meu bem, é mesmo a rua
porque felicidade não há.

arquitetura do corpo

seu corpo, morada de insistências e desejos
caminha livre pelas praias e montanhas
desertos e geleiras, cidades e periferias
à procura de orfeu.

sob o sol da primavera
eurídice busca sua música
palavras e sinais de vida
num corpo arquitetado pela dor
da tristeza infinita.

resta-lhe a morte
: destino final.
[angústia]
ela procura pistas de orfeu
em pequenos objetos deixados para trás
: um pente, uma gaita, um violão desafinado.

procura pelos labirintos
e onde mais sua vista alcança.
cansada
caminha pelos dias adormecidos
até cair sem cessar no azul

das estrelas
único elo possível para estancar
o fim que escorre
entre seus dedos longos
: corpo-palavra.

nina, a menina

(i)

atrás da parede alvejada
mora nina
a menina sonhadora
quer ser escritora ou bailarina
ou pintora.
nina, a menina
mora na rocinha
em acari, na maré
ou onde der
: nas escadas da candelária
[tanto faz]
a morada é temporária.
agora, está no sinal
a menina-marginal
com seu vestido rendado
que um dia fora bordado
a menina com seus trapos
carregada de farrapos
guarda um livro de histórias
cheio de muitas memórias
com páginas arrancadas

que ela lê lá nas calçadas
com seus olhinhos brilhantes
que parecem diamantes

(ii)

um dia, nina cresceu
e eu a vi numa esquina
nina, a mesma menina
usava um vestido rendado
vermelho, todo bordado
tinha o rosto tão pintado
e com um ar debochado
a menina envelheceu
de tanto fazer programa
agora tinha uma grana.
nina, a menina
cada vez mais deprimida
não aguentou sua vida
e tanta falta de amor
subiu no prédio sem cor
e arrebatada de dor
a menina se atirou
e enfim se libertou.

(iii)

nina é qualquer menina
que está em cada esquina
e quer mudar sua sina.

a loucura do mundo

agora de madrugada a mulher de dedos longos
me sussurrou aos ouvidos que eu deveria escrever.
ela me perguntou o que eu fazia durante a quarentena
então eu lhe disse que continuava caminhando pelas montanhas
em busca da felicidade, mas a felicidade é uma ideia tão estranha
e distante, como o deus ensinado no catecismo e repetido
maquinalmente
nas orações.
mais tarde a gente acaba conhecendo deus —
pela natureza — o verdadeiro
eu acho.

[ainda penso muito sobre deus e a felicidade, mas preferia não pensar]

assisto então a um filme francês, que fala de amores, de encontros
de pequenas felicidades quotidianas.
me recordo que não há felicidade
no brasil desde janeiro de 2018.
e eu que renasci de tantas mortes
morro de novo
de tristeza.

[ainda penso muito na perda da democracia, nos direitos
[humanos. penso]

o fascismo assola o país. a insanidade assola o país. a miséria
[intelectual
assola o país, governado por um genocida.
brigo e milito junto com outros
escritores e artistas.
sei que não serei compreendida por muitas pessoas.
há
muita hipocrisia por aí. não ligo, continuo
porque é uma questão de sobrevivência
de me sentir viva. de ser quem sempre fui
: autêntica, como me disse um dia minha mãe
sabendo que eu sofreria muito
muito mesmo; desde que eu decidi, ainda na adolescência
militar pelos direitos humanos, pelas diretas já.
ela sabia o que estava por vir.
já nasci assim, com o coração batendo forte.

[ainda penso muito em quem mandou matar marielle franco.
[penso]

retorno ao filme francês — que idioma mais lindo
eu penso — há sempre um romantismo exagerado em torno da
[frança.
vejo filmes franceses porque eles me dão alguma esperança. são
[belos
são densos.

percebo que não consigo conviver nas superfícies. nunca consegui.
manobro, dou voltas, mas sempre mergulho.

[ainda penso muito na liberdade. penso]

vejo passar a moça de brinco de pérola. a holandesa.
penso no quanto de monalisa, enclausurada no louvre, há nela.
ouço uma crítica de artes dizer que
seus olhos — os da holandesa —
reúnem muitas mulheres do oriente.
penso na loucura da crítica de artes
mas sinto
uma estranha sensação de mistério
de pertencimento no seu brinco
no lenço que cobre seu cabelo
na gota vermelha no canto de sua boca entreaberta.
vermeer era um gênio. era.

[ainda penso muito na ancestralidade. penso]

penso que são poucas as pessoas geniais que conheci
: agulhas no palheiro, como dizia minha avó.
e elas foram fundamentais na minha trajetória.
meus pais foram geniais.
meus avós também.
me apresentaram os livros, a música, a poesia
a alegria, mas essa foi indo embora
com o tempo.
o pensamento crítico veio me preenchendo

paulatinamente.
outras pessoas geniais cruzaram o meu caminho.
tive a sorte de enxergá-las. aprendi com elas tantas coisas. tantas.
agradeço muito. fazem parte de quem sou.
aprendo quotidianamente.

[ainda penso muito na questão identitária, na multiplicidade.
[penso]

olho hoje para o brasil. que tristeza.
não pelo vírus
que nos destrói a todos
[porque nada será como antes, talvez, com muita sorte, sejamos
[mais humanos]
: mas pelo que somos agora
um país horrível, de pensamentos enlouquecidos
pela cegueira do ódio.
volto ao filme francês e à tela de vermeer
e subitamente
a mulher de dedos longos me diz ao pé do ouvido
para eu ter esperanças.
espero.

deus é mulher

porque no fundo dela está a origem
de todas as dores do mundo.
[e o prazer]

deus é mulher
porque
morre quotidianamente
e ressuscita
depois de maltratada pela vida
[que tem sempre um homem no cerne]

deus é mulher
porque na sua alteridade
é capaz de lidar com seus dilemas.

deus é mulher
porque sangra todos os meses
perfurada por dores inimagináveis
: quando perde seu filho
para as balas perdidas.

deus é mulher
porque na sua integralidade

consegue superar-se
e resistindo, é.

só as putas são felizes

gosto das putas porque elas são felizes
com os homens anônimos que se deitam em suas
camas e usam seus corpos sem pudores sem
remorsos sem rancores.

gosto delas porque são solidárias com a solidão
alheia e abrem-se em vicissitudes e desejos
impuros, escondidos
sob as máscaras da alegria e do fingimento
que põem quotidianamente em seus rostos
carcomidos pelo trabalho.

e depois de tudo acabado, entram no metrô, no bus
ou num carro qualquer, e vão para o mercado
para alimentar outras bocas famintas.

[bocas ansiosas]

gosto das putas, porque são puras
quase castas
: verdadeiras no meio do caos
que se tornou o brasil
: um país reacionário e
machista, onde tudo é fingimento, trapaça.

só as putas são felizes
: não sabem com quem se deitam e
se sabem, tanto faz.

o dia em que o fim do mundo começou
a puta estava lá
com um conhaque barato na mão
um cigarro na outra
só pra te ouvir dizer baboseiras
: que em 2000 o mundo ia acabar de verdade.
mas ele não acabou e nem vai acabar
depois do tal vírus letal
porque o mundo é infinito, como tua vida vazia;
a dela, não.
a dela é cheia.

[bocas ociosas]

gosto das putas, porque só elas conhecem
a dimensão do humano
da sarjeta, do risco
dos quartinhos de hotéis baratos
com cortinas de florezinhas de algodão encardido e
almofadas murchas entre suas pernas gastas e
suas vaginas exaustas
doloridas.

gosto das putas, porque sempre detestei
as santas

com seus rosários e suas línguas ferinas
suas vidinhas medíocres e
suas dissimulações
de felicidade cor de rosa e nuvens
de algodão
doce.

gosto das putas, porque são deusas do olimpo
da tragédia anunciada pelas horas
pelos dentes
pelas mãos espalmadas

[transitórias]

pelo corpo consumido na vastidão dos becos
: geografia dos excluídos.

[bocas estridentes]

minha língua é um braseiro

(i)

de manhã
as palavras se enroscam na minha língua
e fazem acrobacias, contorcendo-se
daqui e dali
fazendo piruetas.

(ii)

a seguir
voltam correndo para o cérebro
: cócegas no pensamento.

(iii)

depois
elas se desagregam e vão até os meus pés
que caminham sem cessar
em busca da esperança.

(iv)

grudam nos meus olhos
me fazem enxergar o que não quero.

[um céu de sangue se abre sobre mim]

silêncio e dor.

escuto uma sobrevivente gritar
depois outra, e outras
chegam de mãos dadas

[drummondianamente]

(v)

o poema respira
retorna
me acorda e
se desmancha sobre o papel

(vi)

mas o céu continua em chamas

[ouço pedidos de socorro]

o brasil faz jus ao nome
e queima e mata e morre.

[braseiro-brasileiro]
[pau-vermelho]
[incandescente]

(vii)

meu poema morre comigo
preso na garganta
enquanto os gritos ecoam
dentro de mim
me queimam.

o poema vive comigo
solto na garganta
enquanto os gritos ecoam
fora de mim
queimam o papel.

[todo poema é uma labareda
ardendo na boca da poeta]

sobre a pele

no avesso da minha pele
corre um rio de palavras mortas
as vivas moram sobre a superfície
da pele
porque escorregaram da minha língua
e grudaram nos vãos
do meu corpo
faz muitos anos

tenho palavras prediletas
mas gosto mais da
liberdade
por isso não digo
: escrevo sem cessar
há poemas que levam uma vida inteira

[sobre a pele]

o nascimento da flor

a flor foi crescendo paulatinamente do outro lado da fronteira
e enquanto eu a observava desabrochar
ela me convidava para colhê-la e falava comigo
todas as vezes que eu subia as montanhas íngremes
à procura da mulher de dedos longos
com seu xale bordado para me aquecer
e seus chás que curam.
aceitei o desafio e escalei as pedras ásperas da memória
a fim de buscá-la, de trazê-la para junto do meu corpo
porque a mulher de dedos longos me dizia que era preciso
: que a flor estava lá à minha espera
: que levara anos para estar pronta. obedeci.
confesso que o medo e a coragem sempre me deram ajuda.
não é fácil saltar os abismos sem redes de proteção
para buscar sua flor. fui. consegui colhê-la
: a minha flor.
a mulher de dedos longos me encorajou muito.
me ensinou o caminho.
um dia eu sei que vou ter que levar a flor de volta comigo
e não vou mais descer.
a mulher de dedos longos já me a contou esse segredo.
enquanto esse dia não chega, sigo com a flor
para me dar mais coragem de percorrer os caminhos difíceis

as trilhas estreitas e sinuosas, escorregadias.
o precipício está lá, de boca aberta
mostrando a garganta cheia de constelações
e buracos negros, vazios.
a flor me ampara e segue enraizada às minhas vísceras
exalando perfume no meu sangue
furando meus dedos
rasgando minha pele, minhas roupas
colando minha ossatura cansada
me desnudando diante do mundo fragmentado
mostrando minha fragilidade e minha fortaleza
porque é assim que acontece
quando se vive.

■ primeira edição
■ dezembro de 2021